LE SIÈGE

DE

DUNKERQUE

PAR LE DUC D'YORCK,

EN 1793,

PAR G.-B. BERTÉCHÉ.

CAMBRAI.

FÉNELON DELIGNE, IMPRIMEUR-LIBRAIRE DE L'ARCHEVÊCHÉ.

1854.

LE SIÈGE

DE

DUNKERQUE.

LE SIÈGE

DE

DUNKERQUE

PAR LE DUC D'YORCK,

EN **1793**,

Par G. - B. BERTÉCHÉ.

CAMBRAI.

FÉNELON DELIGNE, IMPRIMEUR-LIBRAIRE DE L'ARCHEVÉCHÉ.

1854.

L'algue nonchalamment et s'incline et se dresse

Sous le cristal du flot qui berce sa molesse ;

Au large, l'horizon reflette calme et pur,

Sur l'onde qui s'endòrt, son pourpre et son azur :

Cependant le ciel gronde et l'écho de la plage

Apporte du lointain un sinistre message.

Debout pilote ! au vent, tiens ton regard captif ;

Toi pêcheur, cingle au port, abrite ton esquif :

La rafale s'annonce en roulant sur nos têtes
Un sourd gémissement, précurseur des tempêtes ;
L'ouragan se révèle, et pour lancer ses coups
N'attend plus qu'un signal de la brise en courroux.
Vers l'Est, vois-tu déjà s'obscurcir la lumière
De mille tourbillons d'une épaisse poussière ?
La trombe nous menace, elle approche... Non !... non !
Et la foudre se tait quand tonne le canon !
C'est lui qui, menaçant nos fragiles murailles,
Lance jusques aux cieux le signal des batailles !
Ecoutez... écoutez !... sa formidable voix
Prélude dans les airs à de sanglants exploits !
Entendez-vous au loin le solennel Qui vive !
Vers la berge, inclinez une oreille attentive :
Sous les bonds cadencés qui trahissent leurs pas
Le sol tremble et frémit... c'est Yorck et ses soldats;
C'est l'Anglais, s'ébranlant en multiples cohortes,
Qui d'un bras menaçant vient frapper à nos portes !...
Héroïque cité, n'obéis qu'à ton cœur,
Suis ses nobles élans, venge ton vieil honneur :
C'est l'Anglais, prétendant, lorsqu'il ose paraître,
Te façonner au joug et s'imposer en maître,

C'est l'Anglais qui, trois fois trafiquant de la paix,
A vu dans ta rançon le prix de ses succès !...
Le léopard bondit... Eh ! qu'importe sa joie !
Qu'il aiguise sa griffe et convoite sa proie,
Ton regard le saura fasciner aujourd'hui :
Le courage est pour toi, si le nombre est pour lui !

Aux hourras insolents poussés sur ta frontière,
France, relève enfin ta tête noble et fière :
La coalition s'élance avec fureur
Et marche sur Paris pour te frapper au cœur.
Contre tant d'ennemis arme enfin ta colère :
Détourne tes regards du torrent populaire,
Jamais le cours fangeux de son flot révolté
Ne peut impunément souiller la liberté !
Ce n'est plus au Forum qu'il faut chercher ta gloire ;
C'est aux bords de l'Escaut où plane la victoire ;
Là, tu reconnaîtras tes plus dignes enfants
Dérobés pour combattre au glaive des tyrans,
Et laissant leurs bourreaux, épuisés de carnage,
S'entr'égorger loin d'eux pour expier leur rage.

Laisse à la main de Dieu le soin de les frapper !
Si de ton sein encor le sang doit s'échapper
Pour assouvir leur rage et calmer leur furie,
Vole au moins aux combats le répandre, ô Patrie !
Des lauriers de Denain qu'il féconde le champ
Où l'honneur te rappelle, où la gloire t'attend !

Au tumulte confus de soudaines alarmes,
Une immense clameur a répondu : des armes !
Tous les bras sont levés !... citadin ou soldat,
Chacun court réclamer son poste de combat.
Aux transports belliqueux de la masse insulaire,
Dunkerque a tressailli d'une noble colère :
Par le siècle qui fuit, de son front courroucé,
Le pli de ses douleurs ne s'est point effacé ;
Le sillon de ses fers a gravé son histoire
Et sa haine au repos couvait dans sa mémoire !

Implacable colère et fécondant repos
Qui va pour la Patrie enfanter des héros !

La nuit couvrait nos murs et son ombre discrète
Des postes avancés protégeait la retraite;
Jusques sur les glacis leurs efforts repoussés
A l'abri du canon confiaient leurs blessés.
A l'aspect imprévu de ces lèvres béantes,
De ces membres brisés, de ces chairs palpitantes,
Dans un brutal instinct de réciprocité
Soudain un cri de mort par le peuple est jeté
Et sur quelques captifs ramassés dans la plaine
Excite les transports de sa rage inhumaine!...
Peuple, suspends tes coups... au signal des combats
Frappe ton ennemi, mais n'assassine pas !

Femmes, filles, donnez un saint et noble exemple;
Adultes et vieillards, courez tous vers le temple
Où jadis vos aïeux, disciples de la foi,
Des apôtres du Christ, venaient suivre la loi.
Si l'hosanna sacré ne remplit plus ses voûtes,
Si de l'impiété les sacriléges doutes

Ont détourné de vous le souffle du vrai Dieu,

La charité vous guide et revient au saint lieu

Sur ses autels brisés relever sa bannière.

La servir, c'est du cœur la muette prière,

C'est encor du Très-Haut implorer la bonté :

Priez donc en servant la sainte charité.

Du martyr des combats soulagez les tortures ;

Priez, en arrêtant le sang de ses blessures ;

Et, lui tendant la main qui vient le secourir,

Priez, priez encore en l'aidant à mourir !...

Marthe, c'est ton époux ; Hélène, c'est ton père ;

Thérèse, c'est ton fils ; Pauline, c'est ton frère ;

Et toi, tendre Jenny, vierge au regard si pur

Qui de l'éther des cieux emprunte son azur,

Songe à ton fiancé qui, ce matin encore,

Sur ton candide front, que la pudeur colore,

A scellé ses serments en te pressant la main.

Péters combat !... Dieu sait s'il reviendra demain !...

Dieu tient seul en ses mains le destin des batailles :

La mort plane et convoite aussi des fiançailles !...

Elle frappe à grands coups... Ange, sèche tes yeux,

Des élus du Seigneur l'avenir est aux cieux

Et peut-être aujourd'hui sanctifiant vos flammes
Vous ouvre-t-il son sein pour confondre vos âmes !

Au dressoir du foyer, suspendez vos fuseaux
Femmes, et détordez le lin de vos trousseaux ;
Apprêtez, prodiguez le baume et la charpie ;
Confondez dans vos soins le croyant et l'impie,
Répandez ses bienfaits par vos pieuses mains :
La sainte charité confond tous les humains.

Enfin, de l'aube en pleurs les clartés jaillissantes
Versent sur le gazon leurs perles chatoyantes
Et l'œil de la Vigie, aux premiers feux du jour,
Plonge sur l'ennemi du sommet de la tour.
Jusqu'aux bords de l'Estran, ses forces répandues
Hèlent de tous leurs vœux les voiles attendues ;
Mais, Mackbridge, occupé de soins moins importants,
S'endort dans la Tamise aux caprices des vents...
Tout est prêt pour l'attaque, et la place sommée,
Par le droit du plus fort, doit se voir désarmée.

Yorck, invoquant alors la sainte humanité,

Etendra jusqu'à nous sa *magnanimité !*

Eh ! quoi ! porter une arme et ne pas la défendre !

Nos glaives sont nos biens !... Tu les veux?.. Viens les prendre

Ton orgueil connaîtra, s'il en ose approcher,

A quel prix de nos mains on les peut arracher !

A peine est-il connu ce glorieux message

Que vingt bouches d'enfer, préludant au carnage

Et projetant sur nous leurs meurtriers éclairs,

De leur terrible éclat épouvantent les airs !

Aux cris des légions, en hâte rassemblées,

Succède un autre cri : Feu ! de toutes volées !

C'est celui de Philippe à la tête des siens :

Vous l'avez entendu, canonniers-citoyens

Qui, tous pères, époux, soutiens de vos familles,

Défendez à la fois vos femmes et vos filles !...

Combien de coups portés et combien de rendus ?

Combien?... Dieu seul le sait ! leurs éclats confondus

En concerts déchirants s'envolaient de la terre

Pour aller dans les cieux se mêler au tonnerre !

Que devint l'ennemi ?... Dans l'ombre dispersé,
On le chassait encore ;... il s'était effacé !

De périls imminents partout environnée,
A son courage seul, Dunkerque abandonnée
Par les ordres confus d'un ombrageux pouvoir,
N'attend plus son salut que de son désespoir !...
Qu'il s'accomplisse donc ! plus de stériles plaintes ;
Plus de vaines clameurs : En avant ! hors d'enceinte !
Vers la dune, cherchons l'insulaire vautour ;
Courons jusqu'en son nid le surprendre à son tour :
Que Lanoue et Maurin disposent leurs cohortes ;
De Furnes, de Nieuwport, gardiens, ouvrez les portes !
N'opposez plus leur digue à ce fougueux courant,
Et laissez en courroux déborder le torrent !

En colonnes d'attaque aussitôt converties,
Nos quelques légions opèrent leurs sorties,
Mais l'éclair est moins prompt, le flot moins emporté
Que le choc imprévu de leur témérité !

Des accords Marseillais la marche belliqueuse
Excite dans nos rangs sa charge impétueuse
Qui, terrible, implacable en ses premiers élans,
Culbute l'ennemi dans ses retranchements :
Du sommet des remparts, secondant tant d'audace,
De ses feux protecteurs le canon de la place
Laboure ses abris et sème le trépas
Dispersant les fuyards que le fer n'atteint pas.
Tandis que de l'Estran, pour forcer le passage,
De nombreux escadrons, s'étendent sur la plage,
Tandis que Castagnet, de ses remparts flottants,
Les foudroie en travers et décime leurs rangs,
Philippe et Girardeau se disputant d'adresse
De leurs coups redoublés assurent la justesse ,
Et l'un d'eux, sur la lice habilement pointé,
A Dalton, qui s'avance, ouvre l'éternité !
De d'Alvinzi, d'abord inerte de surprise,
La redoute est deux fois enlevée et reprise :
Deux fois au Rosendael les partis menaçants
Tour à tour repoussés, tour à tour triomphants,
Combattent corps à corps d'une rage commune !
Au devant de Jordis, retranché dans la dune,

Hoche accourt préluder à l'éclat de son nom,
Et marque ainsi déjà sa place au Panthéon !
Mais enfin, sous l'effort d'une triple recousse,
Chaque bras devient lourd et chaque fer s'émousse :
Las de frapper sans cesse avec impunité
Et de vaincre toujours sans l'avoir emporté,
De prodiguer en vain leurs charges incessantes
Sur cet immense front de masses renaissantes,
Nos braves s'effaçaient à l'abri des travaux
Pour aiguiser leur arme et former leurs faisceaux.

Par le sublime effort d'un stoïque courage,
Quelques blessés épars, échappés au carnage,
A la suite traînaient leurs héroïques pas
Et d'un sombre regard défiaient le trépas.
L'un d'eux, naguère encor radieux de jeunesse,
De courage et d'audace, en proie à sa détresse
Haletant, abattu, mais toujours indompté,
Soulève lourdement son front ensanglanté ;
Interroge le Ciel, puis sentant qu'il succombe,
Fait taire sa douleur... étreint son arme... et tombe !

Pauvre enfant ! cher martyr !... en t'élançant aux cieux,
Sauras-tu quelle main viendra clore tes yeux !

La nuit sur nos malheurs répandait ses ténèbres :
Aux douteuses clartés de ses lueurs funèbres,
Une torche fumeuse, annonçant un convoi,
Pénétrait lentement au parvis Saint-Eloi.
Sur ses gonds ébranlés la porte crie et s'ouvre :
Tous les cœurs sont émus, chaque front se découvre :
Les uns par la pitié, d'autres par le respect
Qu'inspire du saint-lieu le saisissant aspect.
Sur l'autel renversé, soustrait à la prière,
Sur ses degrés épars, une mince litière
Devient, jusques au seuil où son bienfait s'étend,
L'oreiller de la mort, le chevet du mourant.
De la lampe qui veille, au faîte suspendue,
La blafarde clarté tour à tour répandue,
Tour à tour scintillant d'un reflet inégal,
Lance à jets convulsifs un éclair sépulchral :

Sinistre précurseur d'une lente agonie,

Image du trépas luttant contre la vie,

Désespoir impuissant de la fragilité,

Vain combat du néant contre l'éternité,

Suprême appel des cieux qui tourmente ou console

L'âme, qui du néant se secoue et s'envole !...

Une femme... ou plutôt, dans sa pieuse ardeur,

Un messager du ciel, un élu du Seigneur

Au front étincelant de la céleste flamme ,

L'ange de charité sous les traits d'une femme,

Descendu dans un jour miséricordieux

Pour verser le pardon qu'il apporte des cieux,

Guidé par les rayons de sa double auréole,

Vers le pauvre blessé se précipite, vole ;

Puis, sous son regard terne à peine parvenu,

Recule épouvanté... Péters est reconnu !...

Sa Jenny, son amour, son bien, sa fiancée,

De terreur un moment immobile, glacée,

Oubliant et le ciel et la terre à la fois,

Par un cri déchirant recouvre enfin la voix.

Vers l'éther azuré de la voûte céleste
L'ange a repris son vol, la femme seule reste.
Celle que Dieu créa pour aimer et souffrir ,
Pour recevoir le jour, le donner... et mourir,
L'être qu'il anima d'un rayon de sa flamme ,
La femme avec son cœur, la femme avec son âme !

De cet immense cri l'éclat retentissant
Fait vibrer ses échos jusqu'au cœur du mourant ;
Sa pesante paupière et se clot et se rouvre
Pour sonder l'épaisseur de la nuit qui le couvre ;
Son âme qui fuyait pour un monde meilleur,
Rappelée un instant vers ce lit de douleur,
Revient, et plane encor sur ce front en délire
Jusqu'au suprême instant où sa pensée expire,
Où Péters ressentant l'étreinte de la mort
Bégaie un nom chéri... se contracte... et s'endort !...

La lampe qui veillait, courrière scintillante,
Dans l'espace jetait son étoile expirante

Et furtive, annonçait d'un vol officieux

Une épouse au Seignenr, un martyr dans les cieux !

Par le brusque retour d'un inconstant caprice,

La fortune à nos vœux se montre plus propice,

Et Carnot, précédant soudain de prompts secours,

Vient apporter l'appui d'un valeureux concours.

Houchard, de glorieuse et tragique mémoire,

Dans les plaines d'Hondschoote enchaîne la victoire :

Yorck, alors n'écoutant qu'un aveugle transport,

N'attend plus son salut que d'un suprême effort.

Les instants sont comptés... la tranchée est ouverte...

Le soleil doit demain éclairer notre perte :

Sur la brèche, demain, sans merci, sans retard,

Le *God Save the King*, ô cité de Jean-Bart,

Doit torturer ton cœur et frapper ton oreille

Comme un hymne de mort ! mais ta grande ombre veille

Et plane sur tes fils pour venger tant d'affronts !

Sur la brèche, demain, Yorck, nous te recevrons !

Enfin le jour parut!... en proie à ses alarmes,
L'Anglais abandonnant ses caissons et ses armes,
Du triomphe d'Hondschoote encore épouvanté,
Retournait vers le flot qui l'avait apporté.

A l'ivresse aussitôt les terreurs ont fait place :
On se cherche, on se heurte, on se compte, on s'embrasse !
On accorde à l'ami qui n'est plus, un soupir,
Une étreinte au vivant, une fleur au martyr :
Puis, au premier transport du cri de délivrance,
L'écho de tous les cœurs répond : Vive la France !
Gloire aux fils de Jean-Bart, à la noble cité :
Au nom de la patrie, ils ont bien mérité !

Quand l'Europe au repos a suspendu ses armes,
Lorsque la main du temps a tari tant de larmes,
Cicatrisé les fronts et calmé les douleurs,
Confondons notre gloire ainsi que nos malheurs.
Au prix de tant de sang, la victoire est trop chère !
Oublions du passé la haine héréditaire,

Peuples, et, pour la gloire, il est plus d'un chemin :
Découvrons ses sentiers, en nous donnant la main...
Qu'aux saints noms du progrès, des arts, de l'industrie,
L'univers nous devienne une immense patrie,
Et que notre grandeur s'abrite désormais
Sous les rameaux fleuris d'une féconde paix (1) !

.   ..   .

.   .   .   .

.   .   .   .

.   .   .   .

.   .   .   .

.   .   .   .

Des bords glacés du Don, des Steppes de l'Ukraine
Au donjon de Windsor, aux rives de la Seine,
Soudain un cri sauvage a déchiré les airs
Et fait de ses éclats tressaillir l'univers.

---

(1) Cette pièce, composée en 1853, finissait par cette invocation à la paix. — Publiée en 1854, au moment où l'agression de la Russie arme contre elle la France et l'Angleterre, et vient resserrer les liens d'intimité de leur alliance, l'auteur a pensé que la différence de situation, le conviait à y introduire ce changement d'actualité patriotique.

L'Esquimaux se réveille et quitte sa tannière

Aux glapissants accords de la trompe guerrière ;

Le Kalmouck crie : Hourra ! droit sur son étrier ;

Le Croate, insolent, fait bondir son coursier.

L'Occident s'est ému... point de vaines alarmes ;

Peuples, serrez vos rangs : France, Albion, aux armes !

Que du colosse altier votre invincible main,

Sous le niveau du droit courbe le front d'airain.

Refoulez d'un seul choc, jusqu'aux zônes polaires,

Ces troupeaux de Baskirs, ces hordes mercenaires ;

Contre cet Attila, ces Scythes d'autrefois ;

Ecoutez du passé la prophétique voix !...

Du progrès qui féconde étendez la carrière ;

Inondez l'univers des flots de sa lumière ;

Au nom de l'avenir, armez votre courroux :

Votre cause est sacrée et Dieu marche avec vous !

www.ingramcontent.com/pod-product-compliance
Lightning Source LLC
Chambersburg PA
CBHW061742180626
46818CB00006B/2709